21

世纪文学之星

丛书 2018年卷

诗 歌 集

一生此刻

吴小虫／著

作家出版社

作者简介：

　　吴小虫，原名吴小龙，1984年生，山西应县人。成都市作协会员。2004年开始写作发表，曾在《诗刊》《人民文学》《黄河》《星星》《诗歌月刊》《延河》《山东文学》等刊物发表组诗及随笔等。作品入选各种诗歌年选，获《都市》年度诗人奖、河南首届大观文学奖等。

可以肯定地说，没有华岩寺的教诲，就不会有《本心录》，就不会有诗人吴小虫在努力去常规化的人生道路上乐此不疲，悲悯，沉郁，释然，开慧，就可能只是小虫的表达工具，而不会成为他与世界达成有效妥协后的健康呼吸——通过一种特许的氛围阅览自我，提审自我，内心不止要有一团火，还要有一个把火熄灭的开关。

——著名诗人王夫刚

以前吴小虫住在后北屯，那是太原河西的一个城中村，聚集的都是来这个城市暂住的人。他的邻居是那些打工的、性工作者、小偷，或者谁也不清楚来历的人。这就是他栖居的"诗意"。后来他一转身，去了重庆华岩寺，在那里整理来自田野的碑文。这种寺院生活，给他的写作提供了一个独特的场域，也使他的写作从混乱和盲目中超拔出来，提升为一种信仰。

——著名诗人石头

目 录

目 录 ——————————————————————— 3

总　序

袁　鹰

中国现代文学发轫于本世纪初叶，同我们多灾多难的民族共命运，在内忧外患，雷电风霜，刀兵血火中写下完全不同于过去的崭新篇章。现代文学继承了具有五千年文明的民族悠长丰厚的文学遗产，顺乎20世纪的历史潮流和时代需要，以全新的生命，全新的内涵和全新的文体（无论是小说、散文、诗歌、剧本以至评论）建立起全新的文学。将近一百年来，经由几代作家挥洒心血，胼手胝足，前赴后继，披荆斩棘，以艰难的实践辛勤浇灌、耕耘、开拓、奉献，文学的万里苍穹中繁星熠熠，云蒸霞蔚，名家辈出，佳作如潮，构成前所未有的世纪辉煌，并且跻身于世界文学之林。80年代以来，以改革开放为主要标志的历史新时期，推动文学又一次春潮汹涌，骏马奔腾。一大批中青年作家以自己色彩斑斓的新作，为20世纪的中国文学画廊最后增添了浓笔重彩的画卷。当此即将告别本世纪跨入新世纪之时，回首百年，不免五味杂陈，万感交集，却也从内心涌起一阵阵欣喜和自豪。我们的文学事业在历经风雨坎坷之后，终于进入呈露无限生机、无穷希望的天地，尽管它的前途未必全是铺满鲜花的康庄大道。

绿茵茵的新苗破土而出，带着满身朝露的新人崭露头角，自然是我们希冀而且高兴的景象。然而，我们也看到，由于种种未曾预料而且主要并非来自作者本身的因由，还有为数不少的年轻作者不一定都有顺利地脱颖而出的机缘。其中一个重要的原因，乃是为出书艰难所阻滞。出版渠道不顺，文化市场不善，使他们失去许多机遇。尽管他们发表过引人注目的作品，有的还获了奖，显示了自己的文学才能和创作潜力，却仍然无缘出第一本书。也许这是市场经济发展和体制转换期中不可避免的暂时缺陷，却也不能不对文学事业的健康发展产生一定程度的消极影响，因而也不能不使许多关怀文学的有志之士为之扼腕叹息，焦虑不安。固然，出第一本书时间的迟早，对一位青年作家的成长不会也不应该成为关键的或决定性的一步，大器晚成的现象也屡见不鲜，但是我们为什么不在力所能及的范围内尽力及早地跨过这一步呢？

于是，遂有这套"21世纪文学之星丛书"的设想和举措。

中华文学基金会有志于发展文学事业、为青年作者服务，已有多时。如今幸有热心人士赞助，得以圆了这个梦。瞻望21世纪，漫漫长途，上下求索，路还得一步一步地走。"21世纪文学之星丛书"，也许可以看作是文学上的"希望工程"。但它与教育方面的"希望工程"有所不同，它不是扶贫济困，也并非照顾"老少边穷"地区，而是着眼于为取得优异成绩的青年文学作者搭桥铺路，有助于他们顺利前行，在未来的岁月中写出更多的好作品，我们想起本世纪20年代和30年代期间，鲁迅先生先后编印《未名丛刊》和"奴隶丛书"，扶携一些青年小说家和翻译家登上文坛；巴金先生主持的《文学丛刊》，更是不间断地连续出了一百余本，其中相当一部分是当时青年作家的处女作，而他们在其后数十年中都成为文学大军中的中坚人物；茅盾、叶圣陶等先生，都曾为青年作者的出现和成长花费心血，不遗余力。前辈们关怀培育文坛新人为促进现代文学的繁荣所作出的业绩，是永远不能抹煞的。当年得到过他们雨露恩泽的后辈作家，直到鬓发苍苍，还深深铭记着难忘的隆情厚谊。六十年后，我们今天依然以他们为光辉的楷模，努力遵循他们的脚印往前走去。

　　开始为丛书定名的时候，我们再三斟酌过。我们明确地认识到这项文学事业的"希望工程"是属于未来世纪的。它也许还显稚嫩，却是前程无限。但是不是称之为"文学之星"，且是"21世纪文学之星"？不免有些踌躇。近些年来，明星太多太滥，影星、歌星、舞星、球星、棋星……无一不可称星。星光闪烁，五彩缤纷，变幻莫测，目不暇接。星空中自然不乏真星，任凭风翻云卷，光芒依旧；但也有为时不久，便黯然失色，一闪即逝，或许原本就不是星，硬是被捧起来、炒出来的。在人们心目中，明星渐渐跌价，以至成为嘲讽调侃的对象。我们这项严肃认真的事业是否还要挤进繁杂的星空去占一席之地？或者，这一批青年作家，他们真能成为名副其实的星吗？

　　当我们陆续读完一大批由各地作协及其他方面推荐的新人作品，反复阅读、酝酿、评议、争论，最后从中慎重遴选出丛书入选作品之后，忐忑的心终于为欣喜慰藉之情所取代，油然浮起轻快愉悦之感。"他们真能成为名副其实的星吗？"能的！我们可以肯定地、并不夸张地回答：这些作者，尽管有的目前还处在走向成熟的阶段，但他们完全可以接受文学之星的称号而无愧色。他们有的来自市井，有的来自乡村，有的来自边陲山野，有的来自城市底层。他们的笔下，荡漾着多姿多彩、云谲波诡的现实浪潮，涌动着新时期芸芸众生的喜怒哀伤，也流淌着作者自己的心灵悸动、幻梦、烦恼和憧憬。他们都不曾出过书，但是他们的生活底蕴、文学才华和写作功力，可以媲美当年"奴隶丛书"的年轻小说家和《文学丛刊》的不少青年作者，更未必在当今某些已经出书成名甚至出了不止一本两本的作者以下。

是的，他们是文学之星。这一批青年作家，同当代不少杰出的青年作家一样，都可能成为21世纪文学的启明星，升起在世纪之初。启明星，也就是金星，黎明之前在东方天空出现时，人们称它为启明星，黄昏时候在西方天空出现时，人们称它为长庚星。两者都是好名字。世人对遥远的天体赋予美好的传说，寄托绮思遐想，但对现实中的星，却是完全可以预期洞见的。本丛书将一年一套地出下去，十年二十年三十年五十年之后，一批又一批、一代又一代作家如长江潮涌，奔流不息。其中出现赶上并且超过前人的文学巨星，不也是必然的吗？

岁月悠悠，银河灿灿。仰望星空，心绪难平！

1994 年初秋

序

虔诚面对词语在内心的沉浸

叶延滨

现在摆在我面前的《一生此刻》，是吴小虫入选"21世纪文学之星丛书"的诗集。吴小虫是1984年生人，他从2000年开始接触诗歌，到2004年正式发表诗作，诗龄并不算短。小虫是一个潜心诗艺的写作者，他低调的处世，努力探索，刻苦写作，让他写了这些征服评委的作品。这是他的第一本书，收入了他在太原和在重庆期间的一些诗作。

2009年，小虫从陕西回到山西老家。正是在这里，他的写作有了新的质地。2013年，他又悄无声息去了重庆，在一家寺庙的文物部门整理来自田野的古代碑刻。五年在寺庙面对大量典籍文物的生活，是他诗歌写作的重要转折节点。他从混乱和盲目的状态

中超拔出来，不仅写有他自己比较看重的长诗如《一个诗人如
何成为诗人的》《本心录》，也有精短如《夜抄维摩诘经》《无
如体验》《清明近》等富有哲思的清雅之作。

相比于很多诗歌写作者，小虫的诗歌写作有较厚的修养，
基本功好。一开始就认认真真地去写，写自身写周遭写日常，
进而去观照人生、生命，历史和文化的形态等方面。这本诗集
中，语言的浓淡，句子的简洁和繁复，思想的激烈和平和，技
艺的日趋完善，正可以看出他的诗歌发展轨迹。

他有一首诗叫《语言生活》，写于21世纪初。以男女之
间对话的歧义进入诗，诗所传达出来的微波荡漾的命运感，这
是他诗歌的一个基调。当然，这种因为操持语言而在语言中安
身立命的身份或界限，也牵引带动他的生命轨迹，太原——重
庆——成都，并在语言的螺旋上升和平缓流淌中得以加强。因
而，你可以从他后面的诗作中，常常看到这种面对命运的独有
哲思：

但我活下去是因为，没有因为
如果在坠落的过程中能毫不害怕
滔滔激流中我必将凭跃和鸣叫

——《暴雨》

一个诗人他的诗作背后所呈现出的精神向度，直接决定他
自身的格调、美学风范、情怀等。在吴小虫的诗中，他因为自
身的存在，物哀，哀其同类，这就使诗进入到了一个相对广
阔的境地。这种境地，在现代性的文化潮流中，有时是锥子
形状，有时是迟钝如木橡，有时只是湖边的一支柳条而并不
吹拂。

诗坛一直有个流行说法，当代诗歌似乎越写越小，仔细想

想，也是有其缘由的。百年新诗，中国新诗向西方诗歌的学
习，有的人一就是一，二就是二，讲究具体在场。现代哲学中
某些理念，要求人在流水的环节中精益求精，也容易让人专注
细节，和天地万物割裂，丧失东方文化中的"浑然一体"这
种精髓。或许是小虫从古代碑文中所汲取到的，或许只是个人
心性所致，通过他的那些诗句，你总是能感到一个人在世界
当中，万物在整体终极的层面上，应该如何面对并悄然作出
选择：

> 虽然肥肠已焦糊
>
> 路灯看上去清寂
>
> 多么好啊
>
> 你的心成为仓库小猫的心
>
> 拖把上爬着蜗牛的心
>
> 门前广玉兰之心
>
> 　　　　　　　　——《无如体验》

　　从个人风格而言，他的诗歌的调性相对低缓平沉。我以为
这也是一种特点。写作的过程，是不断调试自己的过程，相信
随着阅历的增长和写作的持续，小虫要么将这种调性强化，要
么就把握到一定的度。至于他诗歌中出现宗教般虔诚感，我以
为正是他对词语和内心的沉浸，对生命、生活、真理和爱的追
寻，才赋予了诗句一些这样的色彩。从另一方面看，探索现代
诗歌的边界和丰富诗歌本身的魅力，不能忘记诗歌与宗教久远
的联系。西方诗歌早先多是通过教堂的唱诗进入俗世，中国诗
歌自古便有寺庙里的语言这种解说。正是佛教禅宗对中国古代
诗歌的浸润，让诗歌发生了深刻的变化并影响至今。因此，在
小虫诗歌中，有些从宗教精神那里汲取一些写作资源，我以为

是无可指摘的，允许这种尝试，同样应是一个现代人文化自信的表现。

是为序。

2019 年 3 月 19 日北京改定

序　曲

总要在一个地方
感受冷暖四序
看草木荣枯三两回
你的心里才有甘露半滴

总要在一个地方
交一些朋友
醉上许多回
你才能再去另一个地方

小伙子，你热爱诗歌
并渴望成为诗人
总要听凭内心的召唤
哪怕前面是悬崖

然而在坠落中你会上升
在死亡中你会重生
如果你热爱人世的名声
甘愿在笼中鸣叫

你将看不到命运的面容
无法到达神的故乡
小伙子，这是我对你的忠告
为什么星辰闪耀

语言生活

说着说着，不知怎么到了语言的岔路口
我随便选了一条，而你
却以为我要与你分手
殊不知，你又到了一个语言岔路口
我回过头来，天色已晚
可以听见虎狼的叫声，那种饥饿的感觉
让声音也口水连连
我想就死在这里吧，反正我是个诗人
一个褒贬不一的名词，被世俗的刀割了又种
种了又割
不过我还有句话，无论选哪一条
我都想通往你心里

献诗·心里的秘密

人生天地间
我叫你姐姐
我是和你在同一肚腹掉下的肉
轻轻的尘土
流着同样的血液

真有意思，一出生便有各自的人生
便有各自的天气疾病和虚无
但根在某处相互扭结
暴露于尘世之外的
时光的波澜不惊

为了记住那些有意义的欢乐
请还是在流转中保持公元纪年
二零零九年一月二十二
吴军青和李培庚成亲
仪式从外到内渗透

生活依然继续
借来的一生有灰烬在掉落

月圆时出现清辉的宗教
啊，那沾着泥土的
一步一个印子的双脚……

民工或影子

从后现代的语境看
万物是平面的
这些民工兄弟和你相对走过来
折射着镜子的光
冰冷的秩序，三级大风

不能把他看成是装修的
他瞳仁里还装着一湖秋水
有的虽已经干枯
却依然够用于他的双亲
妻女和朋友

这也是在历史纵深处的一个人
如果你轻看了他
他的大树会轻轻摇动
抖落了一地叶子
就加重了秋天的颜色

他们所拥有的破铜废铁
还一直用着的祖母留下来的老屋

看家狗和花手帕
在很久很久以前
我们也曾一样地叹息着

他们所表现的无法遮挡的形状
软黏黏的鼻涕
于每个人国家的大地上
被明亮地制约加上夜里
那来自本性必须的敬畏

我也会看见
几个满身油漆的民工凑在一处
抽廉价的卷烟
静静地和普天下的事物
享受着一个太阳的光芒

母 亲

用几支铁管纵横交错，上面横一木板
光洁如面，配之以螺丝，那就是桌子
四方形，圆形，我们围着它，左手安静地隐藏
是要佩戴地气氤氲的环境。而这是夜晚
你能看到的，身体的光与电灯的光，还原了一只碗的模样
并且占地的面积。我说妈，声音突然失去了传播
有零星，还掉进鱼肉，我们吃着鱼的语言和思想
一下滑进了大河，不然，为什么手执双箸像木桨？
母亲颤巍巍地，伸手去够一粒大米，这过程让许多人死亡
因为我见过她年轻时的丰腴，在玉米地
饥饿的年代，王老五冒死的一瞥，就来到了新世纪
我相信爸爸伟岸的双手，在脑海里，一直无奈地下垂
这个人生的伴侣，步调的一致，半路掉链子
我相信被她使用过的器具，正一件件地报复着她
她穿不上鞋，脱不了衣，不再掌握火候与饭菜
一刹那，我已经感到了不幸，为了这个幸福的团聚
在某一天，穿着洁白的盛装……

散 步

几百米的路程，为何越走越远
当我和母亲都走不动时
看见了一只三条腿的瘦狗
我们停下来为它悲伤
母亲说：风大，头疼。
于是我伸手挠了挠胳肢窝
而神灵的天空兀自地安宁
我们又停下来为自己悲伤
最后我提议背母亲
她固执地要自己走
"受患难的人为何有光赐给他呢
心中愁苦的人为何有生命赐给他呢"
她固执地要看看这个春天

疼

妈妈，自你离开这个世界

没两个月，爸爸便出了车祸

他和堂哥被救出来，已经血肉模糊

几经辗转，又住进了你生前所在的医院

噢，我得以重新打量，这所市级先进单位

在高大的建筑里边，躺着一些哎哎呀呀的人

其中一个女的，刚结婚两月

探亲的路上，开车撞断四肢

她不断喊疼，大声喊疼

她疼得昏了过去，又醒来，她骂

她让医生赶紧结束了她的生命

一位老太太，典型的中国农民

八十多岁了，还想着为儿子补院墙

结果风大，土坯子连体倒下，砸断了腿

她也喊疼，疼得直捶胸口

她的儿子无奈而恼怒地让其住口

还有一位老爷子，已不再喊疼

双脚年前割去，半月后还要截肢

医生说这样才能活下来……

我在那里待了十日，有时心酸到极致

真想把疼找出来，然后把它杀死
有时看到被宰割的牛羊
人类的疼，又算得了什么？
某日无聊中翻书，说：
"芸芸众生必将在岁月的流逝中体会
罪与罚的过程"
某日和人闲聊，又说：
"善已尽，恶将满盈"
妈妈，哀歌已经响起
请保佑这仅存的大地和那些转瞬
即逝的尘土
在亿万年之后重新的地球

诗人的时刻

诗人的时刻，是我和向阳喝了酒
在万象书城二楼台阶上
对着几百人朗诵诗歌
居高临下的激情，犹如瀑布
冲去了每一个人的衣裳
当然金汝平在裸体中还不忘沉思：
"阐释它。注解它。引用它。捍卫它。
你贸然相信了古人的一句话"
向阳舌头打卷，每朗诵完一句
怕我卡壳儿，便使劲拍一下我的
屁股。而我已然沉浸其中
我女友从另一个角度看我，说
像要从楼梯跳下，追随海子而去
但向阳在最后一句
诗歌本身以太阳必将胜利的咏叹调里
而赶紧举起白旗，中庸
清静中实干，无为处养生
瀑布淹没了整个大厦，激情的碎片
完全长进我一生的双腿

于失足踩滑的虚幻深渊中，我不知怎么
突然喊了一嗓子：向阳向阳，快来救
我！

北风吟

风啊，你掀开我冬天的门帘
仿佛有谁从外面进来，我愣怔一下
疑是我去世不久的母亲
我在晾衣绳上的衣服，你扒着荡来荡去
最惊恐的一个姿势，乘着秋裤从五楼飞下
顺势又去叨扰底层的枯叶
人们都讨厌你"惹不起我还躲不起"
纷纷把门关紧，你从人家门缝里进去
从窗户里进去，以为自己是孙猴子
打的都是妖魔鬼怪吗？终于在空阔的大街上
我听见了你得意忘形的叫嚣
就像冯小刚那句著名的台词："谁，还有谁！"
但待会儿你又无声无息
把爪子藏进衣兜里，显示出无辜的一面
我们相信了你，我们又敞开门
交谈、嗑瓜子、出去跳舞
这些，统统被你偷拍并千里迢迢地告密
夜里我们就被围困，千军万马囤积于门前
木板断裂的声音，砖头哀告的声音
还有一群家伙在使劲踢我的大门

她一身冷汗紧紧抱着我说——怕
我天生胆小，但还得伸直双腿，一副视死如归
的样子——有我在
风啊，你这个阴谋政治家，我并无皇帝宝座
我只是有着几十个春秋的日子和因为还活着
不得不去奔波的虚无

忆我早年的一件耻辱

一个诗人是怎样成为诗人的
这个，我冷暖自知
就在中午，我突然忆起了早年
成长过程中的一件耻辱
一个人打了我，无缘无故
我尚还不明白他为什么问我的家庭
问我父亲的职业及权力
然后就开始暴风骤雨的痛击
我的肉体，无缘无故
我早年的无知和弱不禁风
要是换了现在，我肯定会质问他
"全校人都说你是狗
凭什么我就不能说你是狗"
当然一件耻辱不够，肯定还要另一件
再一件，再再一件
这些事情加起来，就会造就一个诗人
但我现在已没有任何心情
来诉说成为诗人的幸与不幸
沉重的脚镣，遥远的路途……

配合春天

我看见好几个人在锯树
是三个人，是一棵树
是上午。他们已不用戴手套
一个人在锯着，另一个从树倒的反向
用绳子，紧紧地拽住树顶
腾出一个人站那儿观看
这简单的叙述放松了我的心
我再也不想从里面找出隐喻象征
和派生，那深深禁锢我的
并不因为冰雪消融而滔滔不绝
并不因为燕子归来而这是新的一年
我只看见三个人在锯树
响声大得已传进图书馆
人们翻阅报纸书籍
常常要抬起头看看窗外
而那树已经倒了。我走近
一股呛鼻的气味弥散在空气中
不，我不去设想她已死了
这样会加深我的痛苦
她只是一棵树，被锯断

然后作于新的用途
我看见三个人在锯树
吱咕吱咕的
像少年时曾玩过的游戏
为了配合这春天的发芽……

回乡记

再回故乡，落叶打在头上
表哥载着我，像逃离敌人的追捕
路过桑干大河，只剩河床干枯
我心中那刚有雏形的半个舍利呀

爷爷在打谷，三叔在放羊
我到坟头去给母亲烧纸
"烧点就行了，无非是哄鬼"
我心中那刚有雏形的半个舍利呀

半路上，隐隐又望见木塔
却听塔下游乐场溅起的喧闹
香客日少神像蒙尘
我心中那刚有雏形的半个舍利呀

要把一些书带回城里
父亲大骂儿子不务正业
皮囊和诗歌可怜可怜
我心中那刚有雏形的半个舍利呀

原 来

祖国的故事只剩下了白色
种马和秋风演绎着星空和神话
只有我，尽是我
还在乘着想象的翅膀
进入一滴水的温度，我看见
多少父亲的形象倒伏在季节的孤独里
多少母亲一言不发，躺在大地深处
与垂直的光线互相进入
我们不曾来到这个世界，我们
用双手打捞月亮，手臂无法够到
能用双手搀扶的人生
对着镜子，无法看到自己
无法停止，无法恢复一朵花的盛开
只和春风的呼喊有关
我咬疼了手指，孤独消失
类似血的红润洒满了道路……

有时月亮就是慈悲

有时我看月亮升起
升起在傍晚炊烟的天空
我看她，静静地悬挂
亿万斯年不掉落下来
我看她，低眉顺目
即使乌云遮住了光辉
即使，我看她
一会儿又见到了我的双眼
月亮在傍晚升起
升起在我心灵柔软的地方
升起在我看她
她只静静地悬挂
既不照耀也不吵闹
或许只是为完成自身
我看她，大地因此有了道路
我因此有了双脚
月亮成为慈悲

局部的苍凉

再一次在诗里爱上每一个人
理解他们的偏执，更理解他们的
悲凉。理解从生到死的一瞬
我的内心留下许多梦幻的脚印

已经无法再一次，黄河裹挟着泥土
冲刷干涸太久的河道，她的旁边
是世世代代居住的村民
种植着秋天就金黄金黄的玉米

和谷穗饱满。看苍天大地
一生的起起伏伏在河面上翻转
奔突，互相撕咬，而血和灰
就是过后平静的无欲的水面

谁能理解那局部的，细小的伤口
他死于肺癌，他们死于缺乏信仰
而她和死对抗着，挣扎的痕迹
又一次被淹没在堆起的浪花

凉风吹来，吹在那滚烫的肉体
他感到无比轻松，任风将头发吹乱
是的，没有比原谅更上升到星空
他站在河岸静静地哭泣起来

修 伞

惜字宫南街路牌旁，低矮的旧房子
还住着上个世纪的成都
开门做生意，木板用毛笔写着
——修伞
那个老头端坐，没有一丝
天气变化而出现的焦虑，不安
街的对面，像是高大的阴影笼罩

那么，这个时代，下雨的时候
十块钱一把，二十、五十一百
流水线的制作，材质轻巧
符合一次性消费的标准与思维
当灵魂也被消解，梦
塑料的星星月亮成为指引
室内风景的奇观，头探入电脑屏幕

修复一段关于伞的回忆？
那个人，又从往事中回来，笑
仅收五块，最多十块的修补费用
廉价的手艺，在晚年发光

雨珠撞击然后纵身一跃
重新撑起来的圆满，向上托举
像是把高大的阴影也包含其间

大慈寺或一条凳子上的

曾经我也是这寺中草木
风吹过，在树梢弹着他的琴键
某日于车水马龙的路旁瞥到
提着两个肉包子，右腿习惯性迈入
竟然有些陌生——

我在大雄宝殿前的凳子上坐了会儿
时针的魔法，变换生活的姿势
一个衣着破烂的乞丐
一个异样眼光的婆婆
在同一条凳子上寻求片刻歇息

只那经堂传出的大悲咒我熟悉
虚妄的岁月
要留一点玻璃的温热反光

桃园路上

有那么一刻我被这个老太太久久打动
像我梦想中的世界，她出来晒太阳
翘起的左腿和蜷起的胳膊只是为了捧住
一份报纸和直挺挺地坐立。这使她的拐杖
被闲置在一边，再也派不上用场
而她的形象也是我梦想中人类的形象
白发苍苍的年纪，充满智慧和平静的皱纹
与背后的大树保持距离但又在地下扎着深根
有着一个民族的苦难缩影
阳光从她衣服的折线流下来，淌到裤脚
滴落在鞋上，就成了金黄的鞋。而她的
袜子洁白额发洁白那颗跳动的心洁白
这种浅薄的印象顿时让旁边的花儿脸红起来
因为我看见铁栅栏，我还看见水泥台墩
有嘈杂声钻进我梦想的世界，遂赶紧按下
相机的快门

关于婚姻

就像汉字的组合。在语法中的两个字
我知道我过了多少平庸的日子
另外的玫瑰，在古代叫作红杏，墙里墙外
而墙里筑着两个人，他们生怕墙会塌下来
坚持的姿势让人想起了从天掉下来的爱情
被拿来垫褥子被拿来买三月的菠萝
甜是有一点的，之后开始发苦，以至于舌头
要在死后才能说出当时的感受
但毕竟有一盏灯为你亮着，世俗的修辞
在词语上面裹了一层蜜，你开始体会悲伤
体会孤独的邪恶。那闪闪发光的日子
有多少追逐时光并停下来吃掉冰激凌还一抹嘴
就畅怀大笑，就哭，就哽咽，就轻轻躺倒
只为自己来的时候忘记月下老人的叮嘱
前一程后一程，水也忘记火也放弃
火中的栗子成为老年的睾丸，我为你迷恋
我为这一生写出这么多平庸的诗迷恋
让迷恋静止，和岁月合一个影，假牙
在地上蹦跳了几下，语言才开始显形

去去辞

——给晋侯

我一厢情愿地把你看成被废黜的王
故国山水，多少离愁别绪
离开诗，寄居在失魂落魄的城市
大隐隐于市，看弄臣们表演魔术
市民们生儿育女养家糊口
多少个日夜，你我穿行在一只酒杯中
品酸甜苦辣，在一滴汾酒里放浪形骸
草木本多情，却只能长在公园里
被参观和拍照，用于映衬富强
只有空杯以对，你我转头望向窗外
那遥远的白云传来天庭的声响
呵，时日不多，双手抱紧太行
如今要松开，让自己继续流浪
魂归莽莽苍苍……

观音山之路

菜叶蘸满猪油，去往观音山的路
是该站立着吗？藏羚羊的跪拜
让我脱离了肉体
乘着空气，时而也脸面贴于地上
和尘土重圆际会。他们分离得太久
他们，在一米七二的世界
演绎着小家碧玉。这生死这爱恨
红尘滚滚，烫伤了岁月的遗孤
我在欲望中出生，每一片树叶
生命力都走在一条钢丝绳索，左右
晃荡，江水的汹涌只是自己的汹涌
鱼不知道自己被吞噬的命运
就像我那晚期的妈妈，喊着吃饭
哭着说，我的肚子很饿……
我无法执着于我的一生，这块泥巴
愿有人把它砸烂，愿飞溅出的一小块
轻轻地上了——观音山

行到水穷处

一

行到水穷处，就上岸，赤脚爬这高索的山
山中遍荆棘，一条通向上天的
拒绝生活之暗示与指引目的地是星星
也许，我们该回过头来，探讨为什么

行到水穷处。而你，一个梦幻主义者
在岸边的草丛中与蚂蚱蝴蝶共鸣烈日凉夏
对过往与下一刻不作冰冻式花样雪糕
就上岸已上岸，光在内心使得山神侧目
——好个人皮灯笼，好个活命与自燃

也不过是他一指攀登0.3毫米却费一生
通向星星的，站在山顶，用袖子擦亮
顺便带回罡风遍吹人间大地牛羊笑满腹
一个一个善，是真善，是真美，是真真地
在峰顶发现风景如水穷处满身浅薄烟

二

行到水穷处，当笑苍天厚你我
给你绝境，给你别人不会拥有另一番
黑喜鹊、野斑马、狮子虎豹熊犀牛
以及那毒蛇，它吐着火焰

行到水穷处，当明白水告诉你我的
你也将矗立在那里沉默如波涛汹涌
你将明白只有沉默的黑暗也是光明
那一阵水从远处来浸染沙滩又远去

当对苍天笑出傲气与狂妄，水穷处
有鱼不断飞跃以博取手掌拍击或许误解
内心之美愉悦片刻消逝而你梦幻主义之人
衣衫褴褛表情庄严跳入静水流深

那才是你我要追寻的世界水中看去
眼睛像两只脚板走在白色的云朵上
你才感到身形巨大不是神话中的巨无霸
而是你的心包容了宇宙和梦境旋转

曹植：点燃灯，会更看见黑暗的事实

文的自觉，云蒸霞蔚。
时代在每个人身上分崩离析
只有诗人才将他们重新缝合
今夜就不点灯了，点灯，会看见更多
黑暗的事实。尽情黑着
在黑中才有自由，才有神仙
洛神缓慢上升，在星空中闪耀
我想，这一切是诗，而不是事实。
门外的看守，我可怜他们
我可怜这大地的众生，以及我兄曹丕
我不可怜我，作为一个思想犯
理应被历史的车轮斩斫
这带罪之身，用美酒浇灌
浇灌是事实，而梦境才是诗
呕吐是事实，而那秽物来到纸上
穿上衣服，戴了顶帽子才是诗
日子重复一日，似乎不再有新意
我想我应该接受一切，抛弃愤懑
时光的缰绳才会调转，太阳永在东方
这一切是诗，而不是事实。

对一条河流的叙述

对一条河流的叙述：
她从巴颜喀拉山脉北麓，五千年了
昆虫的嘴、人类的嘴、动物的嘴
趴在岸边，那是黄河之水的嘴与他们
亲吻！流经青海、四川、甘肃、宁夏
内蒙古、陕西、山西、河南及山东
无法停留啊，携带着泥沙
几百种鱼逆流或顺流。飞溅的浪花
有神仙和鬼怪居住在其中
赤脚大仙掌管青海段
玉面鲤鱼精霸占着山西段，而宁夏
水波不惊，静水流深，唤醒了两岸
枯萎的野草以及猴子的春心
397公里，流过银川、石嘴山、吴忠、中卫
平罗、青铜峡、灵武、贺兰、永宁、中宁
水面上经常有歌声传来，尤其在
傍晚落日前，蜿蜒如龙的河道
一个人伫立，想着远古和传统
寂寞的心事——对一条河流的叙述
应该沉默且始终紧攥着她的腰身

软 弱

但我是个什么样的人谁又能知道
我爱大胜过爱小，爱虚无胜过爱现实
爱人类胜过爱单个人，爱万物胜过爱人类
我爱着这世上的一切啊胜过爱自己的一生
我愿看着你们得到，胜过你们没有
我不愿看到你们互相撕咬，这就是我的
软弱——

我要在确立中逐渐丧失自己
我要在海水中首先被太阳蒸发
我，有一天不是我，而是空气
是花草是梦境是狼是虎豹是那颗星
最后又什么都不是，这就是我的
软弱——

异　类
——悼东荡子

世界弥散着一种死亡的气味
所有人都把食指戳进一块蜂蜜中
吮吸。

动画片中的一家
围坐在一条鱼和两只鸡旁边
他们嚼食的样子与欢快的言语
被一条蛇奇怪地看到

那个走钢丝的异类，唇上
有两片八字胡
他向地上的人群呼喊：嗨伙计们
看我如何把它走完

天色太黑了，有眼睛循声望去
那里什么也没有，夹紧皮包
今夜要与妻子疯狂地造爱

道　路

这是一个什么时代
由于众神的缺席而大片的雪
下在了诗人身上
诗人并未觉醒
有的昏昏睡去
而他们的竖琴与马激昂
那不过是昨夜忘了关门
外面的风，把她吹得嘎吱
嘎吱——嘎吱
雪下得更厚了
几乎要把房子掩埋
这是黑夜，貌似白天
这是死亡，好像活着

缙云山上，狮子峰顶

——兼致佃鑫

也登缙云山，但不是第一次
第一次是在去年
去年已不在，去我的影子
还在此山中停留徘徊
我对孙佃鑫说，我
那个本真的自己
想去山里隐居

也登缙云山，影子已成灰
鞋踩在自己的灰上
那是谁又穿着鞋？
仿佛我们停下来吃枇杷
是真的停下来
坐在台阶上，吃枇杷
金黄的果子，软而多汁
包含几个果核

佃鑫一直期望路上遇见动物
草丛里一条蛇

我们兴奋地谈了很久
他又让我留心那些树
是啊，人群里生活
其中一棵是横着生长的

但谁又能说吹过脊背的凉风
是一阵凉风？
谁又能说登过缙云山的人
只是一个人？
当我们爬上缙云寺，在寺门前合影
将再一次把我们抛向未来
跪拜吧，这里有现在和此时
磕头吧，这里有另一个世界的信

而迦叶古佛的狮子
正踩着千米之上的云彩
这些命啊，要去哪里
这些命啊，在峰顶看了看
似乎明白此生但江水滔滔
转身下山，老母亲咳嗽起来

痛苦的先知

孩子，你三岁
穿小裙子，笑起来咯咯咯的
能把全家人融化
作为一个陌生人，我
胡子拉碴，某一刻盯着你
你的爷爷还是外公
警惕性地喊了两下
哦，即使他把你搂得更紧
你的小小身子
也会随风飞起来
我，胡子拉碴
似乎看见若干年后
你紧闭嘴唇，心头一朵白色花
也有过爱情，那是泡沫
也有过梦想，那是玻璃
但我敬佩你善于遗忘
你也爱上了那残缺的命运
并不断写着感恩的抒情诗
孩子，我没有你勇敢
我胡子拉碴盯着你
就是想从你身上汲取一些暖意

秋天的哀叹

或许只有当肉体消亡
你留给世界的
才能没有阴影

我惊叹你活着时
吐纳空气、阳光、雨水
但并未据为己有
我惊叹于，为了一种虚无
你悄然隐藏了自己
任凭松果从山上坠落

如果谛听
这是自然的秋天
但我盲人的眼睛
还是看见一双无形的手
将你的灵魂托起
人的真正生活
嘴唇又一次将它说破

就行走在长长的路

就昏暗中饮酒或泪流
打坐或拜忏
在某个不经意
结束一生

而这时，我才看见你
光辉独立
才看见永恒
她有一张宇宙的脸

此 生

从图书馆出来时，刚好下午 5 点
我带着借阅的两本书
从那位工作人员身旁走过
我觉得自己应该配合她的疲惫
她坐在椅子上，打着哈欠
如果不是穿着工装
周围有那么多人
当我从她身旁走过，我内心的红灯
却像走在寂静的荒原
我不明白那一刻的感觉
刚好是下午 5 点，外面街道上
车水马龙，人潮熙攘
我想我爱这世界，但赶紧收起念头
挤上最后一趟公共汽车
对了，我租借的那两本书
一本是关于尼采
一本是释迦牟尼这个佛

晨起，当太阳照到你的孤独

那我们无处安放的夜晚
是我们无处安放的身体
也是我们的心灵
在夜晚，扇着轻轻的薄翼

但并不是白天
白天也并不是一头骡子
一头骡子并不是我们
我们并不是我

如果事情有逻辑
那就按照流水
如果逻辑是因果
那就等我到来

这么多年来
我们一直在互相寻找
只是喝了一杯酒
只是相爱了一晚

给夏天托起莲花

——读乌蒙 2013 年 8 月日记

36 这个年纪上，他
——离婚、辞职
谨小慎微的人生
瞪大了双眼

从现在看，他
"冒着雨从街上跑过
停下来拥抱和亲吻"
爱情的嘴唇

仿佛初来人世
学习洗碗和把东西放回原处
之前的他
是在给夏天托起莲花？

星辰闪烁，电击雷鸣
照耀黑暗中的脸
他呜呜哭泣
梦回冰河世纪

这场忻州的大雪还是来得早了

这场忻州的大雪还是来得早了
五台静如磐，文殊不言语
屋檐角下那串挂着的腊肠
北风吹着，有我们的命运
一个家族的故事，顺垂而下
结实与空瘪，是那枝头，根茎
却暗自绿着，在夜里泛红
像早期的炎晚期的癌
然而我却不能够对此说一句话
我有着诗人的命运，结巴
一个句号接一个句号的停顿
我有着我自身的悲哀与腐烂
和祖国的某部分互相辉映
我有着狂歌，痛饮，骑马三千里
黄果山的瀑布在夏天结冰
我有灰烬，难以去除的印记
这场忻州的大雪还是来得早了
她应该此去经年，落满灰尘
她应该自断经脉，玉洁冰清
她肮脏，下贱，从天而降再也

再也不融化，她堆起的世界
是每个人的梦的影子
五台静如磐，文殊不言语
对于激烈与纷争，不如看波平

山间来信

1756 年后的卢梭，神情并未放松
他迁居乡间抄写乐谱
这是个乏味的工作，他的脚
终于跟上灵魂的羽翅
有一天早晨，他起床
对着镜子赞美自己，一点都不夸张
他在长满庄稼的小道来回
不和那些远在天边的云彩对话
一个外国人，居然也讨厌肉体
在舍佛莱特集市买下一堆苹果
分给那几个玩耍的男孩子
哦，浪漫主义的彩泡，升上天空
穷困潦倒是应该的，死前被马车撞翻
——是必然的

适得其所

男人找寻着女人，女人找寻婚姻
儿子找寻着母亲，母亲找寻父亲
花朵找寻露水，梦找寻现实
呵，一切应该适得其所……

弓箭找寻着猎物，牙齿找寻骨头
战争找寻着胜利，毒药找寻活物
呵，一切似乎应该适得其所……

我终于从他们的脸上看到了
——幸福的笑容

但风找寻什么，她吹来吹去
但月亮找寻什么，她兀自散发清辉
请告诉我，请不要伸出手来安慰

寒山：诗歌与宗教的异同

一

我不知道一个人哪来那么多的
自鸣得意、优越和盲目的自信
我只知道我千疮百孔的自身
无法在大家面前美丽地绽开

二

在这个世上，我活着
然而再也不愿暴露思想和行踪
我写诗句，聊以抒怀
再把她们丢弃
我活着活我的命，香烛燃烧成灰
我与所有的生命同在
有时吃掉土豆，再栽培上青椒
我会化作清风看着你们
在没有死之前，我默默冥想
如同日后，你们在天台山遥望

三

我问拾得：世间
谤我欺我辱我笑我轻我贱我恶我骗我
如何处置乎？

拾得哈哈大笑：
"一切皆空"

歌乐山途中

多写一首诗能怎样
少写或者不写？

感谢日子带来了凉风
正是反省的时机
但我不必反省（或是重来？）
早已把自己全付与

一切都是恩赐
想走得慢些
进入一个人群
在池塘边伫立
其中就有巨大的美
其中。

这轮子飞驰
与桂花在你手中
摘下的是花香

生　日

冬天最后的树叶，没有向世界告别
她们纷纷扬扬落在身上
提醒我抬头看天，已是春季
新的生命正装饰着世界——

每年这个时候，我都有同样的心事
且越来越羞于再说出口
大地微微震动，黑夜与黎明
那个孩子与羊群一起到来

然我醒来得太迟，竟是带罪之身
一盏孤灯飘摇，岸边的猿啼
那声线在空中找不到耳朵
就兀自跌入了高峡平湖

个人的悲欢已随着被碾压的老鼠
早晨路上的一些血迹
我精神恍惚，看见你买菜回来
潜伏了我们整个人类的困境

是谁的嘴唇说要学习水
野性与驯服已相互抵消
我于生日的前天梦见母亲
她又活过来，使我安于做个孩子

立 冬

基本上，你是不需要说话的
嘴巴的功能是吃饭，偶尔亲吻
手会写字，作为交流
所以坐在一张火锅桌旁
微笑，伸手夹菜，起身去敬酒
基本上，你都不用区分谁是朋友
你就闭上眼睛喝啊
你就放肆地想你心中事
比如这庸庸无成又一年
比如这茫茫世间随逐波
坚持着少年意气
一个人，独身，贫穷和信仰
才管那千山万壑

在语言的水中，如果有真理
那就是因为真诚和善
你感觉到了，情不自禁赞叹
并说：谢谢，你让我更加热爱
这个没有希望的世界

冬 夜

冬天让人安静
为说过的话惭愧
白茫茫的冰雪
寒冷，正是觉醒之心

我愿生活在这凛冽之中
双手双耳通红
夜观天上星斗
知有一息尚存

无论是肮脏的街道
跪地的行乞者
小摊儿升腾的热气
活着——

并不自我催眠
世界正经历着悲伤
静水流深的鱼
发出缓慢橘色的光

巴南路上，沿途风景逐渐开阔，想起近日山西之行

提前用着未来之雨
我爱上了自己衰残的晚年
我羞涩地站在
你们，你们的酒杯
骷髅在远方静静燃烧
不管卖活鱼的小贩
坐在地里种菜的背影
艳阳高照的是死亡的汗滴
我想起我将因此而委身
一棵草的山中
如果不是白天和飞鸟
如果我了悟了我

正午时刻

我在春天阴郁中的喊叫
此刻，小满与傍晚
一泡清凉的鸟粪

于是就有两种爱
一种用于自守，另一
写成没有文字的诗

心碎于野
我为露水的恩泽活着
为了在消失之前的正午

别西北步成

只能割断历史而相交了
被驱赶，监狱的城市

你是流淌中最后的那束火苗
光是情义，就足够我安住其中

你的天性和后天的
笑起来就是整个甘肃

我性情刚烈，往往败于小人
又优柔寡断，注定一生

这夜晚不能没有月亮
飞天的姿势，敦煌

正是为了这骄傲的永恒
以酬谢你曾经和以后的记忆

世界·傍晚·行云

一

湖对面有人喊嗓子
"啊——"
湖这边有人回应
"啊——"

我也在湖这边喊
"啊——"
我又跑到湖那边喊
"啊——"

二

一跳一跳
青蛙在前面
一跳一跳
女孩跟在后面

先左后右

女孩走在前面
先左后右
青蛙跟在后面

三

老和尚问：
谁把佛前的供果吃了
小和尚赶紧答：
师父，菩萨吃的

小和尚赶紧说：
我把佛前的供果吃了
老和尚闭着眼：
知道了

四

夏天到了
外甥李仰杰换了短袖
还让妈妈
给家里的金鱼也换上

家里的金鱼换了短袖
还让女主人
给她三岁的儿子也换上
夏天到了

我明白是爱情

最近晚睡，陪一只猫
她常在傍晚出现
微弱的叫声，让我打开窗户
她喜欢这里同样稀薄的温暖
跳到腿上，然后清澈地看着
其时我正在电脑上打字
她就伸直了躯体要够你
小嘴对着大嘴，清凉的湿润
那么一下，让我明白是爱情
我起身去给她找猫粮找水
继续打字，她就跃到肩头
用皮毛与你耳鬓厮磨
然后，入夜，当我读到
一条信息中的不屑、强横
仿佛站在北极的一小块冰上
迟早有天会因融化
我们共同的命运——宁愿
而我寻找着她，她正趴在身旁
当四目以对，那小眼对大眼
我明白，这是爱情

秋　天

一

一只蜘蛛从墙上掉落
蜷曲着，被蚂蚁们咬噬

赞颂自然，赞颂这包含的
爱
凉风渐起，吹着裤裆

向幽冥和来生索借
观人身不净，青铜饕餮
白骨不净，壁画飞天

苦心孤诣之灰尘
整个人类在其中居住
——吮吸

这悲伤的根源
弥漫了重庆，也弥漫了

我有时不是我
水中沉没，岸上讥诮
然而那确又是我

二

没有谁不喜欢秋天
宏阔的江水，你立于轻轨
只能望着波澜
平静或想象中的湍急

不一样的方向
随上升水汽，回到天灵盖
变得狭窄，针尖对麦芒
热爱生活又驳斥她

于看见看不见的梦
腰身系两条彩色绸带
额头贴了个"王"字
依然行走在流深之中

就是等待果实的腐烂
双眼流着臭脓
一生的呼吸和飞
才找到恰切的对应

书生与女鬼

众所周知，我住在庙里
我像古时的书生一样
在这里束发读书
日子清闲
凭栏里能看见风踩在水面上
饭菜素淡
并准备将一颗心也澄澈起
这些并不重要，明显的
头年没那么刚强了
今年，最近，知道守口了
所谓厚德载物，到最后竟连一只蚂蚁
不竟笑出声来
长久的积怨和迷惑
使我想在庙里待下去
并将这种贫乏过出滋味
昨日，一位在寺多年的老太说
我住的房间，阴气太重
有个女鬼常住在那里
我说哦，本来是一对

弗利尔一九一零年龙门纪行

一

"可我们还得回到喧嚣的人世"
小心，翼翼
这一生如何盛放
星星，点点
寺庙和墓群，黑

二

"有意思的，
它们体现了清代艺术的弱点"
侧耳倾听陶罐
从内壁发出
空空的声音

三

"紧挨主佛的
表情庄严的削发人物

左边一位，双手合十
右边一位双手各持一物
两人中的一位
似乎年纪要大一些"
是的，开始他们叫
迦叶与阿难
后来，就与你的描述
一模一样

四

"他护卫的是思想
而不是人类"
他是出于怜悯
而成为了石刻

五

"副官的军队规模不大
有四十人左右。
他坐着蓝色轿椅
由十二名轿夫抬着"
尘土飞扬，其中有我往世的
父亲
他还在自己的漩涡中

无如体验

四年前，风吹蒲公英
中秋那天，坐船在三峡
望月

四年后也是小半个
重庆
柯艺兄约
婉谢。点了干锅
里面有排骨和肥肠
豆芽、木耳等

酒。

虽然肥肠已焦煳
路灯看上去清寂
多么好啊
你的心成为仓库小猫的心
拖把上爬着蜗牛的心
门前广玉兰之心

没望月

清明近

一

就行水上，蝴蝶之轻
是误会，也是来看出家的弟弟
他宛然回首
轮转中的遮掩
一个大汉推门而入
这多美好，我不需要
只在椅子上睡了睡
只叫了声母亲

二

今夜我想起远方的行人
夜色中的妻
我想起日出而作
扛着死亡的墓碑
我想起火炉前的温暖
冬天静静地回忆
我想起这一切毫无言语

我想起我来到这个世界
没有来由地哭泣

三

不知是谁，佛前献了水仙一束
不知是谁，两旁植了几棵翠竹
（探过身亲吻
挡住自由的去路）
不知是谁走在这雨里
不知是谁发现老僧的坟墓
山间流下的溪水清冽注入
石间生长的桃花芬芳散布
不知是谁痴迷
惊起梳理羽毛的白鹭

四

一直微笑着
听你讲白发苍苍
一个孤独的老年
此刻的老年
你的话题让我想起了
又一直微笑着
听你讲完老年

五

什么是幸福的
什么又不是
想起这半生颠簸
缘起缘落
想起，剩下点点的
广场、小路、家
男女、蛇鼠、她
抱着各自的梦安睡
醒来在另一个早晨

六

我的姥姥姥爷爷爷奶奶
都去世了
我妈妈也去世了
有一天，我也将闭上眼睛
黑暗的泥土里
与小虫子在一起
（对于死亡，没有任何思想）
一枝红杏探出墙来
另一枝也探出来

七

地藏殿前

展开了如下对话：
"大师兄你来寺里几年了"
"一年了"
"你孩子多大了"
"还没有结婚"
"这真是福报啊"
"是的，我佛保佑"
尔时问者即无尽意菩萨是
答者即解脱菩萨是

八

老和尚推门
让我写协议
寺里桥边山坡上
种菜种米的五分地
要卖给
卖给那倒把投机
师父呀
你这是卖掉了"一"
师父呀
你将来葬哪里

九

病重的母亲
说着放不下放不下
还是撒手而归

情深的恋人
说着放不下放不下
最终嫁作他人

我也正消逝啊
我还念着你们

＋

是的，裤兜里
一直装着打火机
我从不轻易出示
这内心的火种
正如越来越清的河水
淤泥沉在河底
鱼在中间游啊游

如果要撰墓志铭
我会写：略

沙　弥

那是一个沙弥
在路边打起了盹
他右手作枕，左手握着木锤
双眼微微地垂上
他斜倚，胳膊肘与木鱼接触
那是力的火星在迸溅
使黑暗显影，绿树、蓝色的
挡板，挡内还是挡外
施工队的做法，河道正在挖泥
有一次我去散步，一个老人说
河里的动物全死光了
为了历史的胜利，短暂的牺牲
但孩子们尽可放心
从你们开始，世界光滑
步云桥上双双依偎
前人事迹，仿佛风吹
沙弥却睡着了，"鱼日夜不合目"
故刻木象，击之，警以日夜思道
而附近游乐场的声音
一浪高过一浪

"各位施主，我正在练习冥想
自己是大海
众生之罪如点点墨
在我心中融化"

正　反

许多时候我感觉自己已经死了
我是在代替一只猫，或者代替另一个人
活着。
活他们未完成的生命和梦，爱与悲欢
在一瞬间，地水火风
一个事实是，一只猫或一个人
可能在代替我们死去
死去我们的悲伤、寒冷和灰烬
我常常用此反驳自己
就好好地享用现在并以一位死者的心态
从墓地返回的幽灵提醒世界
轻点，轻点，别让天平倾斜

而忘记了 zansong

我并不知道我那些同行在写些什么
作为诗人，他们，把诗歌训练成一种
奇怪的语感，像嚼嘎嘣豆那样
他们，戴个墨镜，把自己武装的
我不应这么刻薄，只是有时
耽于内心而忘记了雷雨的逼近
词语和一切可交易的东西
在高速公路上急速狂奔
我为自己感到羞耻，屁股总擦不净
有时还口臭，夜里睡觉打呼噜
我为自己还这么执着，与刚强混在一起
但诗歌的花蕊包着明月
所有，大地上的事物，冬天的冰
就是明白自身的命运，而看着来年
江水流淌的方向，我错误的一生
早该把这一切的一切赞颂

杨家坪

如此无力，才会收拢翅膀
暮色中登上 204 公交车躲避天空的
反逼迫。一条人间的道路
过了电大站就是巴国城
过了动物园，就到西郊
我的兄弟伙就在这里
每次都约好在家乐福门口见
他瘦干的身躯，同样
在生活的污水中打捞
为了给母亲镶上一口好牙
为了让日子的玻璃亮堂起来
有次我借宿在他租住的房子
他蜷缩着身体，双眼垂闭
而并没有一个肚腹将他再次孕育
和出生。对于食物链的规则
他选择默认，"点杀了一条四斤的鱼"
这狂喜的幻灭是为了明天
接受无形之手的缓慢宰割
能说点什么呢？我也不过是
一直在原地飞翔的

那前面并无道路，漆黑一片
只好喝得烂醉，无尽的浮沉中
忆起一个地方——杨家坪

暴　雨

一

那是我心中的暴雨，在七月的最后一天
当时我正在做什么，几个响雷
从未有过的，办公室门牌要抖落上面的字
长廊像谁刚泼了水，的早晨
一天开始，我俯首将拓片抄写
心里却想着昨夜那个笨拙的自己
我开门，暴雨击打在檐头
龚晴皋题的"野鹤闲云"神态自若
玉兰树枝折断，弯腰捡了起来
观察那伤口，连白色的血和呻吟
都没有。却又见鱼儿浮出吮吸清凉之意
是太热了，昏昏头脑，非 A 即 B
竟拿出一支香烟坐下来吞吐
这世界未必是你的世界，一只灰雀
在雨小时登上了枝头

二

在一场暴雨中我看清了我的命运
我的命运在烟云弥散，盲人摸象
更多的是抓住什么从此就再也不放
而认为那块石头有着锋利的棱角
你是有毒的人形花——
良心在此又能做些什么
天道在天上有人半夜沿着墙根
偷走了祖父留下的房契
那暴雨的美丽，站在长廊下的
忘记了接下来的事实而踮起脚尖
我的一生在这场雨里，随着新闻
巫溪县 24 只牛从山崖坠落
但我活下去是因为，没有因为
如果在坠落的过程中能毫不害怕
滔滔激流中我必将凭跃和鸣叫

诗，太单薄……

我的朋友步成给我算了一笔账
写一首诗和他给学生上一节课
一首诗的虚无，手伸进云彩
又从云彩的那边伸出来
一首诗的跳跃，身手矫健或笨拙
你的内裤什么颜色
脆弱，所以写作是自我抹黑
直到现实的河岸前再无桥走
只有扑通一声跳入河里
那是心灵的王国熠熠生辉
鱼儿恋爱生息，那正是我
不是我，其中居住的地方
如同某人鄙夷地说："诗，
太单薄"——那是盛不下你的欲望
如果你决意只为一己食色
道路上再也没有一盏灯亮起
我们的末日，确实与你无关
而地动山摇，洪水滔天
我的朋友步成喝了一口啤酒：
"两小时 300 左右，装进我的兜里
我不说话，世界却递来话筒"

夜抄维摩诘经

如果可以，我的一生
就愿在抄写的过程中
在这些字词
当我抬头，已是白发苍苍
我的一生，在一滴露水已经够了
灵魂的饱满、舒展
北风卷地，白草折断
我的一生，将在漫天的星斗
引来地上的流水
在潦草漫漶的字体
等无心的牧童于草地中辨认
或者不等，高山几何
尘埃几重，人在闹市中笑
在梦中醒来——
我的一生已经漂浮起来
进入黑暗的关口
而此刻停笔，听着虫鸣

观韩国电影"诗"

她学写诗，大风刮了她的帽子
戴在江水的头上
她学写诗，刚翻开记录本
雨水在上面写了诗行

不能说那是罪恶，河上漂浮着的尸体
不能说那是亵渎，朗诵会中的荤段子
不能说那是金钱，她主动插入了他

静静观察一个苹果
坐在树下听风吹过的声音
捡起一枚落地的杏子

她只是把头埋在膝盖上抽泣了一会儿
依然与女儿谈笑风生
依然给外孙做好吃的
依然紧紧地拥抱着世界

甚至，离别

日知录

我身边的善事越来越多
上周，法师们从华岩出发
踩着天上的星星
行脚到南川金佛山
路上早晚课，途中餐宿眠。
隔壁的念佛堂
每逢初九、十九、二十九
那些白发苍苍的婆婆
长夜不休，佛号
到天亮时才让它落地。
中午吃饭时，看见一位师兄
在扫着广玉兰树下的落叶
今年她们开得并不好
人世太匆忙，我只在某个夜里
闻过她们的花香
那位师兄安静地扫着
她甚至比落叶更安静
这些，已足够我时时感恩
用活着去架一座小桥
但我得提防内心的嗔恨

管好自己的嘴巴和身体
而这个，同样需要付诸我一生的
努力

一个诗人怎样成为诗人的

一

一个诗人是怎样成为诗人的
因缘和佛塔的钟声
他在阎王面前承诺了什么
人世的出口，有双大手
光已照在全身并刺
窗外是上个世纪末的一个下午
牛羊吃草，一段黑暗
奇形怪状的家伙向他道别
他看见永恒的前世
发出在这一世最初的啼哭

二

一个诗人是怎样成为诗人的
青山绿水。道路缓慢
千里外的山上狐狸修行
佛日渐无声，弃塔而去
农民李三捧着鲜花去向曹鹅求爱

一个王国的云朵压城
他坐在村口的石头上，盼着
还未变形，不知道西游记
是个小孩，灵神未被打开

三

一个诗人是怎样成为诗人的
羽翼下他爬上大树捉天牛
铁棍穿起来，这是第一宗罪
逼迫交代事情的经过与细节
他记得，啊啊，头脑痛苦
羽翼下的他有两条长长的鼻涕
奔跑在北方寺庙的青砖上
莲花状的，一直在自动旋转
而青天中白云挨着白云，微微

四

一个诗人是怎样成为诗人的
河流，小时候
住着姥姥姥爷与舅舅们
白天他和表哥在河里扑腾，夜晚
一条巨龙在水底穿行，震耳的长吟
水将军、战马、旌旗、硝烟
土财主、白毛女、尸体、死亡
如今他依然把那条河守望
干枯如一道伤疤滚之以盐

长眠于地下的应该还有他

五

一个诗人是怎样成为诗人的
灵魂何时苏醒？冬天就快来临
有天父亲，从山中捉回一只小山羊
山中空旷，树叶不肯落
小山羊的眼光，后来的诗里
"有幸与一只山羊一面之缘
后来她成了盘里的晚餐，而我
成了祭坛上的香烛与灯盏"
寒冷的冬天，母亲昼夜不眠
开始制作春天的风和夏天的绿
秋天的果以及我们一辈子的幸福

六

一个诗人是怎样成为诗人的
不断重写，似乎此生
小小的丹丸将自己熔炼
爬坡、喘气、额头汗滴
八风终于吹得他开始忧伤
向佛塔，坐在一块几千年的土丘
告诉你轮回的各种形式
上一辈子，你是那家人收留的狗
上上辈子，你是野外枝头的梅
澄澈的般若，痛苦中睁眼

自行车作为现代派意象突兀

七

一个诗人是怎样成为诗人的
滞重的黄昏，闪亮的金币
鲨鱼的牙齿缝合潮汐的裂口
用忠诚的牛去换取一家的盐
在血上面恋爱，在死上面书写
羞耻——被雨滴稀释，接下来
雪花款款到来
这是一个自圆其说的谎言
伟大的先贤孔子可以作证

八

一个诗人是怎样成为诗人的
龙卷风卷掉梦想和爱情
安静一直在那个角落趺坐
他脑中亿万细胞的死灭
机器人之一，机器人之二
遥控的右手抓着爆米花
换掉、换掉、换掉、换掉
一直找不到对称夜晚的中心

九

一个诗人是怎样成为诗人的

神灵的世界，律令涣散
西西弗停下手中的石头
吴刚停止了月桂树的砍伐
悲壮如日落时的辉煌
照耀打鱼人回家的背影
其时杜甫正逃往凤翔县城
李白正被放逐夜郎
诗人，海德格尔将你思索
梭罗，已开始在瓦尔登湖造屋

十

一个诗人是怎样成为诗人的
疾风吹劲草，时代如镰刀
他就是那个愿意
在某一刻活着的人，抚平、拉展
然后死去——他就是那个在一行诗句中
永生的人，在一个词上逗留
"推"还是"敲"——
而故事大踏步前进翻山越岭
像毫无内心，满脸皱纹
等待
死去

十一

一个诗人是怎样成为诗人的
彗星坠落，划过漆黑的夜空

那一年，山崩地裂洪水滔流
少年选择死去，让另一个人
从身体中醒来。醒来在一棵树下
墓地上返回的影子，揭开悔恨的盖子
魂婴尚小
一切需经历拂尘轻拭
一头小鹿在山中踱着轻蹄

十二

一个诗人是怎样成为诗人的
嘴巴不是嘴巴两片肉
难得的沉默在心中轰响
鱼上了岸在呼唤水
紧紧地抓住自己，叩问生活
有时一个诗人就是一个僧侣
什么都没有，只有内心和诗歌
有时一个诗人也是一道真理
所有人都无法直视自己的软弱

十三

一个诗人是怎样成为诗人的
要写好一首诗，邀请每一个词
鞠躬，奉上鲜果和灯盏
让词散发青烟，头顶
一个句子寻找现实之上的意境
一个句子与另一个句子镶嵌

或者分离，意思困在一行与另一行的
让一个标题把他们全部掩藏
留小口一个——天光

十四

一个诗人是怎样成为诗人的
诗神前来看探，一朵小幼苗已经
孤独套着孤独，冷峻的光晕
此生的幸福咔嚓折断
正试图掂量，他的软硬，他的舌头
诗神并未现身，沿着这条路走去
每一个使他一往无前的启示

十五

一个诗人是怎样成为诗人的
冬天，他拉起她的手说温暖
面前的黑暗与河流结冰
嗓子里有光，永世的歌手
幻象如此突兀，像挡不住
内心的洪水决堤，痛苦的细沙
没有鱼，没有水草摇曳
作为菩萨，菩萨并没有言语
十万八千里的路途，五行山下
永世的歌手，此刻喉咙喑哑
不能唱出曾经的一切

十六

一个诗人是怎样成为诗人的
是的，他不能，再给他一个监牢
沉迷与练习缓慢自杀
自我砍断翅膀，都不能够
白云并不等待，相忘江湖中
这是一个人的道路，荣誉与甘苦
后退是前进，消隐是呈现
被大雪覆盖，寒流摧毁
他们的死亡只是他们的死亡

十七

一个诗人是怎样成为诗人的
石狮子、铜塑像、金佛吊坠
念青唐古拉山，托体同山阿
你就是获得了一阵清风，来往于
两个世界的人。月圆时你看见自己
月缺时你忘记自己，手中的笔
跋涉，飞跃，做梦
名利是名利者的所得，此生
要做一个诗人，诗人是自己的诗篇
是自己的刑具和尖刀

十八

一个诗人是怎样成为诗人的
孤独的生活，没有尽头
"能否持续一生，在死神面前
唇角露出轻蔑的微笑"
常有这样的夜晚，他自己
就那么坐到天亮，满身疲惫
把这视为贞洁，把一个诗人
想象得如此真实，并活了起来

十九

一个诗人是怎样成为诗人的
凌晨三点，蛐蛐儿
成了这夜的主角，把人赶进睡眠
此起彼伏地鸣叫，有九种
不，这叫声里，是十只蛐蛐儿
那个人起床，茂密的树下
一只鼓着腮帮，一只触须挥甩
一只闭着双眼，一只卓然站立
一只搂抱着另一只
一只紧挨着另一只
一只转身北望，一只正在远离

二十

一个诗人是怎样成为诗人的
要慢慢来啊慢慢来，1997 年的杨键
在隐藏中暴露了自己的隐藏
在暴露中隐藏了自己的暴露
三十年的光阴，才磨墨铺纸
那古老的河流引到他的笔下
要慢慢来啊慢慢来，此刻的他
自我痛刺，清醒而绝望
喧嚣的生命不死的印记和责任

二十一

一个诗人是怎样成为诗人的
诗歌，在她的终极
关于心灵的知识。
就是自己，关心即观心——
长久地跪着，长久地圈养想望
以一具身体出现，一行诗句
一生很快就会过去的，死亡
很简单，就像开瓶口，砰

二十二

一个诗人是怎样成为诗人的
时间到了，一些人准备出场

挤挤攘攘，怎么能接受花朵的凋零？
一直停在 1984—2010 年的人
我就是那个，一直与你同在
歧路歧路，我就是那个，一直忏悔
已经浑浊，我的心腌在左胸
我就是你轮回中的孩子、父亲与情人
我就是失去了你还苟且活着的人

二十三

一个诗人是怎样成为诗人的
他看她是泡沫，雨水中的气球
而另一些，来自于肥皂水
加入了一小匙糖，他以为他不会
向天空飞去。更高的云彩
看见自己的一生，他的心
看见之后的一切，黑暗的闪电
腐烂分解，春风一吹，就成为沙

二十四

一个诗人是怎样成为诗人的
感谢那山水课
一个人，面对山川草木河流
学习山的沉默
学习水的自清
学习树的碧绿
学习鱼，永远潜沉在水底

那一日，他热泪盈眶
重新，回到了她们的中间
在山顶茂密的森林处回头
冷冷地望着热闹人世

二十五

一个诗人是怎样成为诗人的
鱼上钩的那一刻
身体紧弓，痉挛
他想到自身的悲哀
在漩涡中无法停止
有情众生，鱼呼喊着
垂钓的人作为不懂相爱
不会语言，不做梦
而那双眼睛一直在注视着
教导彼此，要相互尊重
如清教徒般生活
如情欲孤独地盛开

二十六

一个诗人是怎样成为诗人的
他要飞起来，在无人之地
一只蝴蝶在露水中揽镜
他的神经质，是响应着世界的
那一边，不断地缩小自己
练习，打开从有到无的门

这样，在肉体死去之前
就可以永抵自由，三十三层天

二十七

一个诗人是怎样成为诗人的
清凉中才有一切
才有菩萨永驻心中
赤裸的双脚开始是白色
再然后变得通红
而天灵盖被揭开，放入星辰和粒子
放入弯月和矿石——
要勇于承认自己的残缺和空虚
承认这一切是个错误
每一个眼神和递过来的手
都是对死亡的真情告白

二十八

一个诗人是怎样成为诗人的
就是为了让你理解现在
理解面前的道路理解鞋子
一阵风吹也能过河
火焰将从梦里流出湖泊
水生的肉体，害怕沉溺
就是为了让你理解消失
理解一个在场的幽魂，磨着刺耳的笔头
幽魂也不会很久，他的出现

为了理解地壳的再次运动

二十九

一个诗人是怎样成为诗人的
他死了，死于出生的那一刻
死于教育，死于属于这个国度
死于我爱你但不爱他
将变得迟钝、恐惧和妒忌
不能选择自己的出生和死亡
以一个影子的面目出现
诗人，也请将这名称打破
你必将无所依持地活着
你必将发现另一种爱

本心录

终日法堂唯静坐
更无人问本来心
————（唐）瑞峰神禄

一

走，下了这坡，一片树林
走，过了马路，十字路口
草帽消失在左手边
沿着墙根沿着
碰上蛐蛐儿向蛐蛐儿问好
碰上水，与她相爱
有次我立在站牌边
终于决定去买红薯
需要回到家安睡
需要走，走到哪是哪

二

比起寺庙外的红尘

曾元超先生问我
这素斋可吃得惯
我答饮食神今日赠我
炒萝卜、焖洋芋、蒸米饭

比起寺庙外的红尘
曾元超先生又问我
这素斋可吃得惯
我答饮食神今日赠我
炒茄子、冬瓜汤、蒸米饭

三

某世我也是女性身
长乳房、流月经、妊娠
窒息的空气，被称为弱者
某世我也是残疾
残缺地度过了余生
某世我还是那个杀人犯
同样地举起屠刀
我是叛国贼、不肖孙
吃屎猪、案板肉
这一世的你，每一世的
流转中千般滋味
在午后的长椅上沉睡
醒来并不认识枯萎的荷叶

四

肉身寄寺院。
大小鬼门外探看，诸神空行
往与还。做一个清明形
空气中的灰被水浇落
伏于地。起心动念弗
隔壁诵佛号，准提菩萨右
壁上观宗喀巴大师
频掀慧根，宿世闪回
不美自己心。当
无所驻，无所依
同山孤树、野花溪

五

我的目光定在了一个人身上
年二十，四川广安籍
去过山西太原和长治
也去过浙江温州
每天用斋都能碰上
与我一样，首次来渝
与我一样，在寺院做工
他打扫灰尘，我抄写古碑
某一刻我看见他的累世
又看见他的忏悔
瘦瘦的模样，常让我想起

我的堂弟和山坡绵羊

六

无可逆转的秋天与悲伤
这一切都是我的错啊
闹市中的凳子也不平静
在光滑的石头上跳跃
在死去的亲人，飞奔与喊叫
只有撞钟人清冷的雨滴
只有黄桷树与你互挽的根
但秋天与悲伤都是我的错啊
在梦中站立，停留
醒来后无可逆转的
青苔隔世，爬满石桥栏杆

七

每个人已受到了果报
排长长的队伍，手捧瓷碗
风在此委顿下来
冷雨，下在蹒跚的腿
银白的发，皱纹的脸
下在那颗紧缩的心
当我也捧着瓷碗，秋风
裤腿与蹭去鞋上的泥
必然用可怜去可怜这可怜
爱抚那垂垂双眼的头颅

不复再夏日炎热
湖边的竹林，有庄严之美

八

昨晚酒后的泪水照亮了门的把手
一匹枣红色的马在远方吃草
太轻浮了，雨在静静下着

肉体和魂神同时醒来在早晨八点
将面带微笑穿过人群
将在大地上低头与沉默

九

黄河能改变方向吗
那两人互掐着脖子
他这一生，已被掏空
而她……
在死亡到来之前松开双手
各自，细数自己的背篓
这些话是骂他的
但罪是我的
像那只蚂蚁，始终未走出
还以洁白和饱满
长长路，旁植向日葵

十

那两位壁画人疑似谪仙
画完释迦牟尼莲池海会
掷笔，到另一个地方去了
信众前来跪拜
中有一人坐在年轮的井中
谵言信吃仰钱，我猜想
46 位佛菩萨都已听到
光明云，微妙音
一个盲人居士提醒他道：
"师兄，你碗里的食物洒了"

十一

鱼儿如若能感知我
不会惊悸于我的黑影
鸟儿如若能感知我
不会从不降临我肩
呵，我这肉体是多余的
是我们之间的障碍
我必将化作一阵清风
去喜欢你们的喜欢
我必将清风也一同碾碎
去成为万物
成为你们不变的泽亲

十二

光滑的边缘
早晨拒绝进入
像昨天傍晚
等待你纵身一跃

我似乎抓住了
好从一首诗中得救
隐秘的快乐与失落
从那人身体中沁出

要不要去告诉
让他发现手中黄金
他睁着眼睛往前走
深爱自己的女儿

我端起杯子喝水
发生在时空之外
一直活在我的内部里
不曾越那人形圈

十三

毫无思想
充满了懈怠
刚刚起头

就结束了
我和我
貌合神离
哭泣却哭泣着
秋天
见过大地

十四

寺里一名比丘圆寂了
我从未见过他
也从未听说过他
但他不在了
寺里为他举行三天法会
在七佛塔苑
护持他的亡魂
有次半夜醒来
听到法号声声紧箍
晨起念药师本愿
忽想到
或许我也并不存在
那比丘没见过我
更没听过我的名字

十五

再过十年
如果有所变化

就是更看清自己的形象了
一颗稻子的形象
没有更多的光芒
播种在春，绿意于夏
到秋季被收割
整个白茫茫的冬天
风刮来刮去

再过二十年
只是越来越老了
靠一个妄想活着
死去后，妄想逸出来
上升中被阳光刺破

十六

没事也早起
去沐浴早晨的第一缕阳光
去吃庙里的第一碗粥
沿着湖边的小道走走
在竹林旁翻开经书

有时我把自己念没了
有时又把蚊虫念得直哭
几百年前的往事
由浓变淡又由淡变浓

没事也去观瞻一下佛菩萨

看小和尚点亮灯盏
看香客深深鞠躬
世界的秩序
在善念中得以铸成

那人忽感到不冷了
那人一直凌空
那人转复摆动
撞向太阳的法钟

十七

这平面的日子
我们在其上滑行

倒映出岁月的轻巧
与一碗酒互相抵消

但梦被石头压住
石头上栖息着死麻雀

需要将生命折叠
去平息阴郁的怒怨

这姿势坚持了太久
像一团火快要熄灭

十八

每天反复念一句经
不想远处

两条长鼻涕
挂在越来越不知的
脸上

游离于
喜欢看戴围巾的
女尼姑

是懒散的一个
已无意赢的一个
闭嘴的一个

浑浊的沙
沉积到脚底板上了

十九

当我度过我的青年时代
昏昏沉沉
我来到了自己的晚年
为没有好好地帮助
需要帮助的人

为没有放生
没有和颜悦色地对待
不喜欢的事物
甚至没起一点怜悯心
而现在我懂得了：
如果我不能在此刻死去
我也不会在别处再生

二十

我就这样斜靠着椅子
诵完了大悲咒

我想起一个词：
采蓝。

我想起另一个词：
润生。

天和地交谈过了
我和你也爱过了

二十一

一个自相矛盾
是在生活中还有仇人
和看不上的人。
他不微笑

去融化壶嘴的锐角
去抚触
一次次失去了
挽救自己的机会。
他的高傲
在太阳面前低下头颅
横亘在半空。
一个自相矛盾
是一个不会写诗的人
而常常是
平缓的秋水引导了他们

二十二

鞋脏了，头发长了
这些细枝末节以及
灰指甲般的婚姻
包裹着我的礼仪、情欲
和我要得以站立
呵，太沉重了
这一口吃的耗费着
我的精力，物的奴
活在象腿的皱纹里
而前世今生未来
一座连绵起伏的山

二十三

今天是什么日子
让他想怅然忏悔
台灯下细数
已变成根根钢针
前路难行后路不退
雪躲避着

今天是什么日子
让他把过错沥尽
空中只剩下湿淋淋的
手
但他更希望钢针
刺穿身体

他含羞地
注视着他的未来

二十四

缘分开始了
黑暗中
箭射进石头
小草踮起脚尖
够
冬天的阳光

为了你我
明白

二十五

情节越来越简单了
生活中就剩下了惭愧
五观堂的狮子注视着我
盐粒一颗一颗
当我经过，生怕带起的风
吹灭了那盏莲花灯
当我明白，刀尖上舔蜜
已葬送了我们此生
在酒醉的平静夜晚
高歌或痛哭
为石头停在半空
无法缩回去的手……

二十六

藏经楼前，一位老人在扫地
她扫地的动作
使她暂时忘了自己
而我因为看见
（以前我从未看见
这位老人天天在此时扫地）
也暂时忘了自己
我还看见菩萨身后的小院

一尾金鱼寂然地游弋
鱼儿对着天空照镜子
看见了窘迫、羞耻和虚无
这使我在看见金鱼时
在水缸清澈的水面
看见了自己的执念和愚痴
正当我要痛哭流涕
这时钟敲了三下

二十七

寒冷的日子
我靠你的名字取暖
我爱你
但不愿失去自己
我的自私折磨着我
要被月亮照到
我兀自粗糙的模样
还有我那没有出息的
——德性
这就是我寒冷的结果
我寒冷的日子
必将越发逼仄
怀抱你的名字死去

二十八

不要反驳我，让我活下去

带着欲望和羞耻
度过这一天又一天
让我去爱
在你的心田播下阳光的种子
这就是我轮回的全部价值了
让我执着于我
让我一个破罐跌落于悬崖
把最后的水留给了土地
让我无地自容
让我满含泪滴

二十九

吃饭去，才管山高路不平
吃饭去，才管水深鱼浮沉
吃饭去，也根本管不了啊
心长在别的身上
而我只随缘、自在
我捧着我的碗，拿着我的筷
打板声刚过
再不吃就来不及了
随师父们依次进入
双手合十，临斋轨仪
唱诵，乱想什么呢

三十

每一个你，在时间的某处

被我看到
在大街的拐角，迎面走来
我看见你从天空映出的
稀薄的面容
你从树身，花朵上的
在那个昔日仇人的心中
每一个你，你所幻化
把丢弃的捡回来
让尘土覆盖在脸上
会因此感到安慰
我们始终在一起

三十一

你是菩萨
在我的生活中刮起
一阵小小的旋风
舍弃今世
先舍弃爱情
天平的一端应该是空的
左边的空太满了余到右边
你是菩萨
我枯木不愿逢春
山中的野石头
做着一个清冷的梦

三十二

结束你苦行的生活
去取予世界新鲜的蜂蜜
像佛祖接受牧女的乳粥
她因此快意欢畅
而你也要走在街上
花几块钱买些橘子
让那位老太为你擦鞋
结束你苦行的生活
阴影中的绿苔
智慧的雨水由上而下

三十三

近日无诗
心涣涣然
仿佛迷失在烟雨中
加入了远山
无声行走的一列
进入了一块石头
在其中呼吸
遍观其身
有德、有爱、有光
而我要你诚心诚意
赞美这法
赞美这虚空

无尽的世界

三十四

他已懂得过滤生活的杂滓
那些不是善意的眼神
只是礼貌地举杯
他已学会在寒风中缩小自我
半日浮生，生命的灰烬
夜里却梦见母亲，浑浊的眼睛
像快要熄灭的灯
他明白这一切已经太晚
许多话语成了耻辱的证据
推着一颗眼泪行走
伸手摘云，然后喂进嘴里

三十五

多走些弯路，就多走些弯路
白日就这么长，天黑时找地儿住下
多背了点负重，就多背了点负重
腰也没压弯，照样看繁花
而此刻山中枯索，寒风瑟瑟
僧人得赶紧往茅蓬返
点亮油灯，灵魂们也需要取暖
无事且抄经，入夜起身茶
门外居然落雪了瞥见
不再怀抱冰冷的佛祖

让更多的人来到心上
踩满脚印

三十六

忍不住一个水上的泡影
忍不住石头上迸现的火花
忍不住生命这一瞬间
为何还不惊不惧？
贪财利、耽嗜酒、生妒忌
为何总活在过去？
只有风觉察了
众生挣扎在如来掌心
这病入膏肓的生活
智者把她当作修行的道具

三十七

在湛蓝的天空中，哪有我
在一望无际的大海中，哪有我
在群山中，哪有我
即使在大地上，眼睛看到的
也是一整片整片的颜色
雪粒满足于这种启示
雨滴也没有执着于铁丝
用手电筒照向夜空的月亮
月亮笼罩整个世界
但是你啊，你要在默默中

如同永夜的灯

三十八

如何理解恩情？
一只蚂蚁取来露珠
那田鼠蛮横又依赖
在贫瘠中，甚至都不肯给别人
——一个微笑
而你却给了我全部
生命之壶在我们的贫瘠中
一直无法充溢和倾倒
这促使一些人
要把自己交给天空
飘雪了，雪花是你的礼物

三十九

鲫鱼鲫鱼，亏我也是念佛人
把你从水中捞起
看你被棒子狠敲
掏了肚子我装作没见
火上炙烤我喝茶耐心
我是那个谁啊
被蒙蔽了眼睛
我只顾着我啊
可怜的可笑的可恨的
亏我还装模作样为你念

唵嘛呢叭咪吽
鲫鱼鲫鱼，若干年后
业果都会成熟

四十

我怀疑我的悲心不够
只满足于炫耀
我怀疑我的爱不够
仅用来装点肉身
啊，祖国、春秋、残梦
白头人说着幸运
而夜雨大面积地落下
我怀疑活着只为自己
我们都没有得到拯救
是不够，是远远不够……

四十一

用取消自己来获得完整
用隐遁来保持与其他的和谐
甚至丢弃了冠冕和战马
生火做饭，三省吾身
把这口气慢慢用完
不希求西方极乐世界
内心常常遍植绿荫
如果小虫子在其中翻土
那是每次月圆的时候

缘深缘浅不如无缘
情浓情淡不如无情
又到该睡了

四十二

把心事写在野外的石上
这符合自然的旨意
回到人群，嘴角的阳光
闪耀。他才不要赞颂
左手搂抱的太平洋
放弃了右手紧攥
要双手搂抱着太平洋
永远不干涸
波涛，汹涌

四十三

我的心啊，时常落满尘土
如果能辛勤拂拭
必将如释重负
我的心啊，有时雾霾遮盖
如果能重见阳光
必将唱腔山歌
禅师说，不必念佛了
贪时就念你的臭袜子
嗔时就念你的臭袜子
痴时还念你的臭袜子

我说我没有臭袜子
禅师当头一棒：
谁让你念臭袜子？

四十四

每一件事情都无法等待
每一个命都伸出着双手
在阳光明媚的日子里
请擦去脸上微笑的泪水

因为总是来不及
总是错过、误会和犹疑
当出门撞见巨大的天空
这一切似乎被稀释了

不要把伤害变成怨恨
不要把哭泣当作宿命
如果你愿意庄严世界
世界也愿意庄严你

四十五

看过很多书
如今都不记得字词了
去过很多地方
也早忘了具体情形
这每一天像水中揽镜

徒留幻灭的悲伤
他该闭口不言
此境原本自然
寺里的钟鼓聒吵着湖山
美丽的白鹭吃了小鱼
常听得不知哪里
痴痴笑

四十六

一个人在此地享福
他的另一个自己在远方忏悔
我见过一位居士
和我以前在山西时认识的
唯一的不同
他说话不再趾高气扬
裹身也只粗布衣服
念佛、拜忏、长跪
这让人觉得奇怪
而我来到了自己的远方
有时感觉并不属于人间
人间的我，石头里等待开花

四十七

好事成双，就与他散步去了
一堆事在排队
傍晚的云霞与道旁的绿树

不知不觉我们走了几公里
我对他说，要是自己出来
肯定早返回去了
"但是有伴儿，或许就会不同"
偶然栖落在一棵树上的两只
话题也只随便提起
透明的不仅是我的眼睛

四十八

给春风送去问候
她回你以和煦
给冰雪送去问候
他回你以坚冷
哦，不要奇怪
冰雪是冰雪的品质
冰雪慰藉着冰雪
冰雪如回复就要
在春风中融化了
冰雪要保持着冰雪
你尽管送去你
美好的祝愿

四十九

湖水知道幼兽过来啜饮
房子知道流浪者推门夜宿
篝火知道舞蹈

梦知道醒
春天知道花朵
果实与落叶互相知道
而你一直不知道我啊
当我注视
当我转瞬在风中消逝

五十

不能要求田鼠有双翅膀
不能要求别人与你同样
草长莺飞
绝非小心翼翼的一生
更不能要求道路给予对等的
——梦幻
如果接受过雨水的馈赠
就该去为蚂蚁遮荫
赞美你是个幸福的人呢
看万物把你高高托举

五十一

然向世间要丁点儿得意
雨夜的窗外仿佛有脚步
并非身醒了
而是心明了

如果有个我

也是片云彩
非法非非法
皆踩身上过

五十二

这烂掉的苹果
还好，有半个能吃
这人生，自己是自己的人质
在溪水旁揽镜
折射高大俊朗的模样
看太阳那么小
死亡似还几十年
还好，相爱得以取暖
我常常观察我的心
还好，对世界总怀着相信

五十三

天气好得可以拿到手上掂量
他说今天的阳光还可以
她也说今天的阳光太美了
那个平时不说话的小姑娘
整个上午都微笑着
一只狗狗趴在过道上
尾巴摇晃眯起了眼
而我在午后抄起了《心经》
感到那三藐三菩提

一会儿蹦出来了
一会儿又藏了

五十四

写一首诗与结善缘同样
也美好了这一天
如果你懂得我此刻的心情
就不用再读这首诗
如果你读了这首诗
美好了这个夜晚
我就是双重的幸福
挑扁担的人急着过桥
坐下来抽烟的工夫
再过桥就很快了
草纸的一生
包着今夜的甜月亮

五十五

我的心啊
当痛苦来临，你就臣服于痛苦
当欢乐来临，你就是欢乐的奴隶
它们牵着你，你还心甘情愿
它们扬着鞭，你还奋起蹄
我的心啊
一年一年人们的脸上
一年一年匮乏的乐趣

你说得太多了，想得太多了
睡得太多了，吃得太多了
当不再向外寻找
拴你的缰绳脱落在地

五十六

我们的眼睛能看到什么
没有福气
痛饮对方身上的毒酒
没有福气
原是自己的残缺
生活会告诉他一切的
喧嚣自然消弭
荒原里，连寂静都没有

五十七

如果生命要以死亡
他正星子般凝聚
安住在呼吸上
安住在针刺的尖尖上
就有了圆满
有了他的粮食和爱情
你将在刀兵前遁形
在火坑中濡湿
早晨树林的鸟声
是你跳跃的足迹

五十八

落叶写进诗里什么模样
这色身难调，半生装饰
只有华岩寺的早晨
人在岸边走，影子在湖中惆怅
荷花枯萎不会一直枯萎
冬日过去春天已经来临
"把自己献出去
献给这从来没有的人生"
白色的水鸟觅食
相信只有菩萨是伴侣

五十九

日子无心
偶得意趣
命运中抬起头来
鱼儿咬破水面

爱这花红柳绿
爱这轻浮的
在茶里死去
女人裙下

风吹着
风吹脸庞与寺庙

风吹着风

六十

如果我们有些历史感
笑容逐渐从脸上消失
并不知道
裤腿溅了泥的羊肠小道
建文帝携幼
看江水中岩石裸露
鸭子嫩嫩游
并不知道
前世痛彻心扉的爱人
随凤凰庵隐遁在雾岚中
而时光与我们的摩擦
像那摩崖石刻的水观音
守望你遥远地那边
汹涌的波涛滚滚而来

寺居咏怀

一

那使我看上去值得骄傲的
也正是我的贫乏所在
那使我为之甘愿领受的
正将我提前推向死亡

然而我不能对此心存抱怨
当海水占领土地
影子抓起兔子
一种精神的悲壮
弥漫了整个世间

以至于分不清是言辞
还是一双巨大的手
将破碎的心收拢
以至于将自己装在盒子里
仿佛从没有过心跳

然而我不能对此心存抱怨

当最后的树被砍伐
荒凉的世界皑皑白雪
你不能说，那白雪不是温暖

二

我无用而糊涂
常常花光身上所有的钱
常常自己喝的烂醉
半夜起来喝水，穿个裤衩儿
咕咚咕咚咕咚
彷佛那是身体寂寞的回音
而每天清晨
我又将自己告诫：
生活，不是只有享乐
但我又做了些什么呢
我跑到图书馆看书
似乎在为写作做准备
我坚持单身
似乎为理想而献身
我不安且蠢蠢欲动的心
还希望去别的城市流浪
什么时候，我能从那云梯走下
能对命运悄然就范
能忘记自己的执着
我就会得到幸福

三

如果命运并未曾眷顾我
我也不会难过
起码我真诚而没有违心
我想起清晨的脑袋有些疼痛
在中午逐渐缓解
我将因此而庆幸
我想起傍晚的菜市场
拥挤而热闹的小道上
那并不是交易的针
插在彼此的身体里
我将因此而庆幸
能够与他们在一起
在水深火热中死去
如果命运并未曾眷顾我
不代表我做得不够
当月出东山，我有身体
即使寂寞，树叶也沙沙
我与世界同时感到了
活着的秘密。

四

我并没有回住处
而是沿着相反的方向
往寺里的湖边走去

常常这样，我是散步
看见上了年纪的人们
一群老少女在音乐的背景下
扭动胳膊和腰肢
他们在经历老年，而我
正进入梦境，比如每次来
我都要看看湖中的荷花
看她们每日的变化
这让我心安，虽然湖面
又缩小了一截，雨和山洪
还没有到来
我在其间留连徘徊
有时大半个白天就过去了
我不知道为什么总来这里
消磨着时光和生命
我没有回住处，因为
此刻已经不需要回去了

五

像个咒语，必须在这里呆几年
我对未来并不抱多大希望
审视过往，羞于堂而皇之
羞于被当作典型。更多是羞耻
这一切还不够，满足于独善其身
总在迷醉时被另一些事物警醒
我的渺小的生命
发光发热，在给自己的承诺

一颗沾满泥土的心被清水洗净
也享受那正午时分，门前小坐
觉得困了，缓缓起身往家里走去
这个地方的酷暑已经来了
意念又想恋寒冬
但我已明白一生只是隐秘的旋风
在其中学会坦然，却有所保留

六

我的朋友，我就要去版纳旅行
你知道我不膜拜金钱
也没有合适的社会地位
但这不妨碍我追寻心灵的自由
也是我不愿参加聚会
而常常在登山或远足中
面对不同的风景事物
让我有逐渐稀薄的感觉
我借此而对世界有所思考
也常常在诗里
我体现了一种类似云彩的玄妙
就在昨晚，几个朋友吃饭
吃着吃着，我就开始发呆
啊年轻的灵魂又一次漫游在
一直不肯就范笼子的轻锁
你知道生命短暂，你知道
即使我们相隔甚远，我也会感知你
而我把来到世上视为一次神谕

在洁白的纸上，人们的心灵
一些笨拙的图画文字

七

就在上午，我全身湿透
意识到酷暑全然来临时
道旁的灌木丛
让我忘记了自己的情欲

那一刻，我不曾意识到
只有鸟雀造访的门前
我像个清教徒一样
静坐在自己的孤独里

当然我有时抬头
汹涌的往事奔来眼底
我甚至怀疑那些人存在
是内心升起的幻象

所有的爱都指向了落日
所有的眼泪、血和坚持
坦然接受黑夜的来临
据说那里有着惩罚

八

一生中离神最近的时候

某个时刻，但并非是时间
我突然无比想念
却越来越羞于提起
这其中有让人堕落的爱
有作为你的孩子
你的欲望的结晶
但我相信孤独才是生命本质
我只是不能忘记
你把肉身给了我，自己
却逐渐消逝在北方的雪中
而我醒来的太迟
应挽扶你，缓缓目送
那也是离神最近的时候

九

一直在悬崖边上
尤其喝醉了酒
他摊开双臂做展翅状
如果灵魂跳脱出来
那是向无底深渊
做一个自由落体运动
那么优美
也正是这个落体
使他有了短暂的一会儿飞翔
而他似乎还微笑着
注视那看不见的黑暗

十

那些缠绕就不要去管了
你就沿着这早晨的林间
清新和翠绿地走去
这才是通往你生命的道路

但桥边一片荷叶上的死鱼
她的身体已经僵硬
你会觉得即便还活着
也不是多么高兴的事

你微笑是出于礼貌
你谈话是为了沟通
见过你青灯独坐的样子
正好与周遭平行

但你还没学会空中抓物
没学会寂寂中泯然一笑
所有的反对是肉体的反对
你才走到这林间了

而正是这林间的温柔
你获得了重生的机会
继续往深处走去吧
不妨吹起口哨

图书在版编目（CIP）数据

一生此刻 / 吴小虫 著. -- 北京：作家出版社，2020.5

ISBN 978-7-5212-0528-2

Ⅰ. ①一… Ⅱ. ①吴… Ⅲ. ①诗集 – 中国 – 当代

Ⅳ. ①I227

中国版本图书馆CIP数据核字（2019）第093267号

一生此刻

作　　者	吴小虫
责任编辑	史佳丽　李亚梓
特约编辑	赵　蓉
装帧设计	守义盛创
封面摄影	闫振霖
出版发行	作家出版社有限公司
社　　址	北京农展馆南里10号　　邮　　编：100125
电话传真	86-10-65067186（发行中心及邮购部）
	86-10-65004079（总编室）

E-mail:zuojia@zuojia.net.cn

http://www.zuojiachubanshe.com

印　　刷	北京玺诚印务有限公司
成品尺寸	142×210
字　　数	119千
印　　张	5
版　　次	2020年5月第1版
印　　次	2020年5月第1次印刷

ISBN 978-7-5212-0528-2

定　　价：36.00元